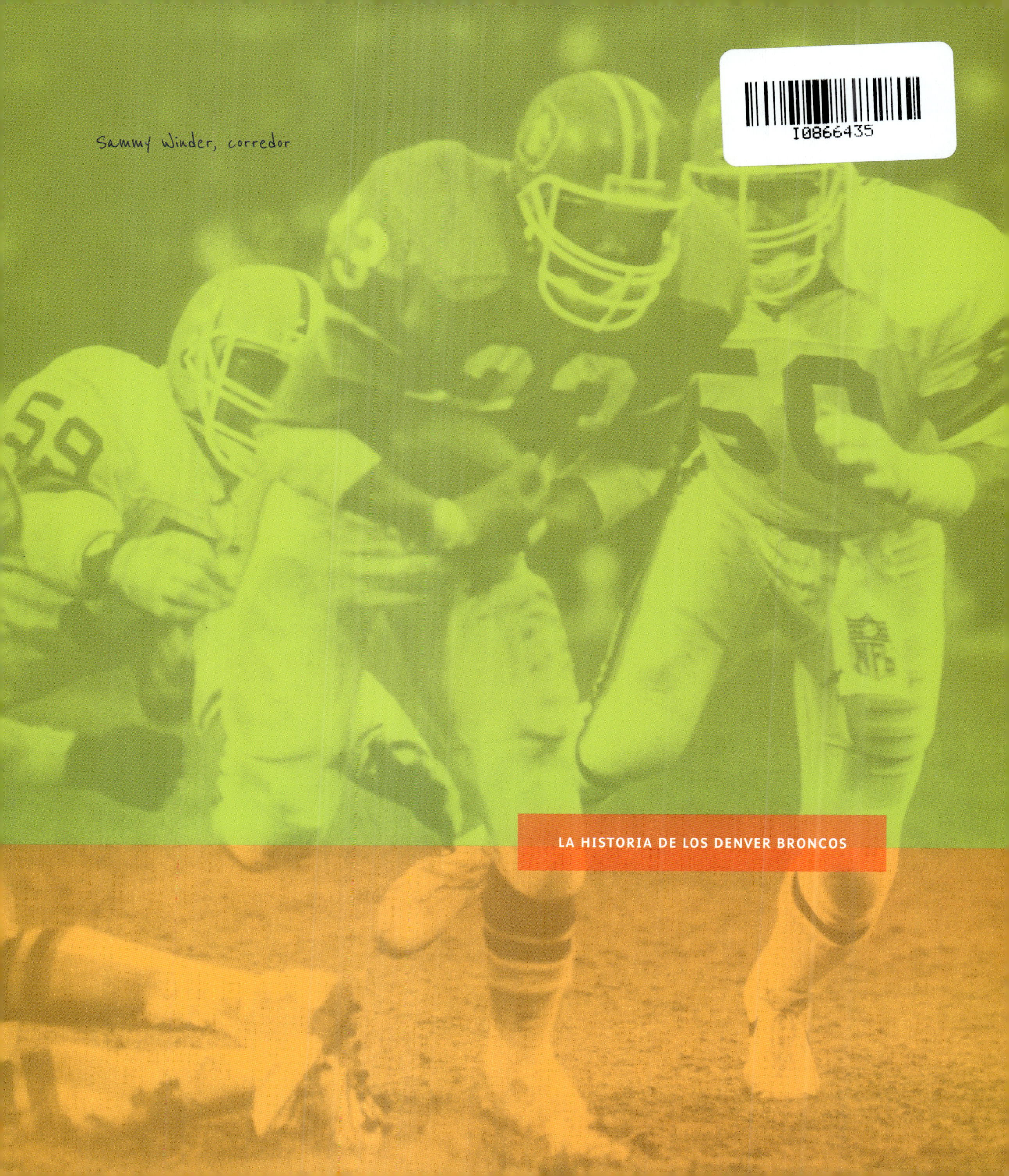

Sammy Winder, corredor

Justin Simmons, profundo

LA NFL HOY EN DÍA

LA HISTORIA DE LOS

DENVER BRONCOS

JIM WHITING

Demaryius Thomas, receptor

CREATIVE SPORTS

CREATIVE EDUCATION / CREATIVE PAPERBACKS

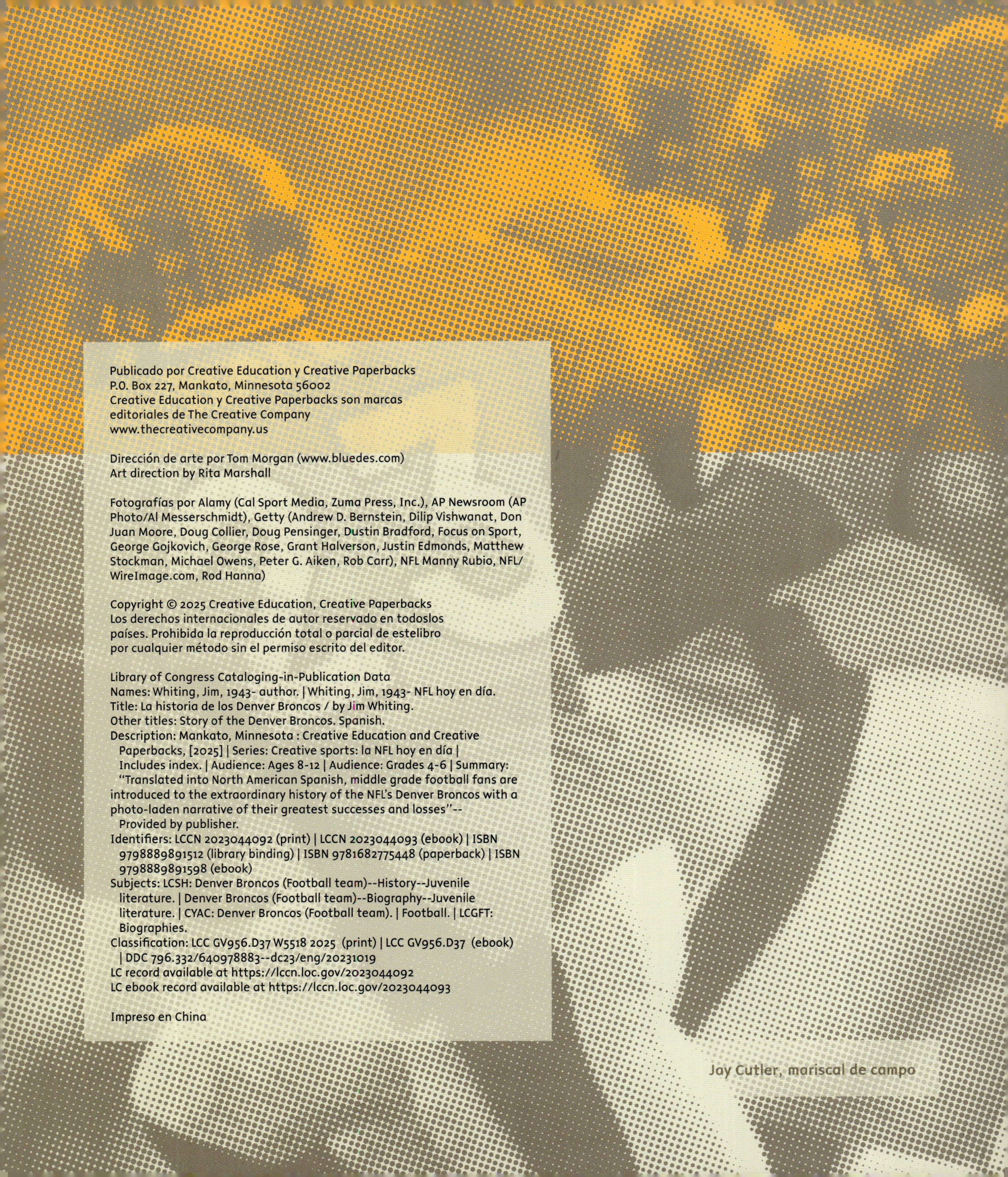

Publicado por Creative Education y Creative Paperbacks
P.O. Box 227, Mankato, Minnesota 56002
Creative Education y Creative Paperbacks son marcas editoriales de The Creative Company
www.thecreativecompany.us

Dirección de arte por Tom Morgan (www.bluedes.com)
Art direction by Rita Marshall

Fotografías por Alamy (Cal Sport Media, Zuma Press, Inc.), AP Newsroom (AP Photo/Al Messerschmidt), Getty (Andrew D. Bernstein, Dilip Vishwanat, Don Juan Moore, Doug Collier, Doug Pensinger, Dustin Bradford, Focus on Sport, George Gojkovich, George Rose, Grant Halverson, Justin Edmonds, Matthew Stockman, Michael Owens, Peter G. Aiken, Rob Carr), NFL Manny Rubio, NFL/WireImage.com, Rod Hanna)

Library of Congress Cataloging-in-Publication Data
Names: Whiting, Jim, 1943- author. | Whiting, Jim, 1943- NFL hoy en día.
Title: La historia de los Denver Broncos / by Jim Whiting.
Other titles: Story of the Denver Broncos. Spanish.
Description: Mankato, Minnesota : Creative Education and Creative Paperbacks, [2025] | Series: Creative sports: la NFL hoy en día | Includes index. | Audience: Ages 8-12 | Audience: Grades 4-6 | Summary: "Translated into North American Spanish, middle grade football fans are introduced to the extraordinary history of the NFL's Denver Broncos with a photo-laden narrative of their greatest successes and losses"-- Provided by publisher.
Identifiers: LCCN 2023044092 (print) | LCCN 2023044093 (ebook) | ISBN 9798889891512 (library binding) | ISBN 9781682775448 (paperback) | ISBN 9798889891598 (ebook)
Subjects: LCSH: Denver Broncos (Football team)--History--Juvenile literature. | Denver Broncos (Football team)--Biography--Juvenile literature. | CYAC: Denver Broncos (Football team). | Football. | LCGFT: Biographies.
Classification: LCC GV956.D37 W5518 2025 (print) | LCC GV956.D37 (ebook) | DDC 796.332/640978883--dc23/eng/20231019
LC record available at https://lccn.loc.gov/2023044092
LC ebook record available at https://lccn.loc.gov/2023044093

Impreso en China

Jay Cutler, mariscal de campo

BRONCOS

BRONCOS

CONTENIDO

LOS GRANDES DEL FÚTBOL AMERICANO

VOLANDO POR LOS AIRES

En 1996, los Denver Broncos de la National Football League (NFL) parecían ir en camino al Super Bowl XXXI (31). Tenían un récord de 13–3. Era el mejor récord en la American Football Conference (AFC). Jugaron contra los Jacksonville Jaguars en la ronda divisional. Los Jaguars apenas lograron colarse a las eliminatorias. Casi nadie creía que llegarían muy lejos. Vencieron a Denver 30–27. Esta derrota fue especialmente dura par el mariscal de campo de Denver, John Elway. Él fue uno de los más grandes mariscales de campo de la historia de la NFL, pero nunca había ganado el Super Bowl. Tenía 36 años. Se le acababa el tiempo.

Denver logró 12–4 en 1997. Se enfrentaron a los Jaguars en la ronda de comodines. Ganaron con facilidad, 42–17. Después, vencieron por pocos puntos a los Kansas City Chiefs, 14–10. Luego, se enfrentaron a los Pittsburgh Steelers para el Campeonato de la AFC. Los Broncos lideraban, 24–14, en el medio tiempo. Allí se mantuvieron y ganaron, 24–21.

Ahora tocaba jugar el Super Bowl XXXII (32). Denver jugó en la defensa contra los campeones del Super Bowl, los Green Bay Packers. Los Packers fueron favorecidos por 11 puntos.

En el tercer cuarto, la puntuación se empató, 17–17. Después de una patada de despeje de Green Bay, Denver tenía el balón en su propia línea de ocho yardas. Los Broncos avanzaron por el

John Elway, mariscal de campo

JOHN ELWAY
MARISCAL DE CAMPO
TEMPORADAS DE LOS BRONCOS:
1983–98 COMO JUGADOR
2011–22 COMO DIRECTIVO
ALTURA: 6 PIES Y 3 PULGADAS (1,90 M)
PESO: 215 LIBRAS (97 KG)

A LA MANERA DE ELWAY

Después de una carrera destacada en la Universidad de Stanford, John Elway se proyectaba como la mejor elección general del Draft NFL 1983. Dicha elección le pertenecía a los Baltimore Colts. No ganaron ni un solo partido en la temporada 1982, acortada por las huelgas. Elway dijo que no quería jugar para los Colts. Él pensaba que no eran lo suficientemente buenos para que el pudiera prosperar. También era un destacado jugador de béisbol. Amenazó con dedicarse a ese deporte con tal de no jugar en el equipo de Baltimore. Los Colts lo reclutaron de todas formas. Varios días después, lo intercambiaron con Denver. ''Estoy muy emocionado de estar aquí'', dijo Elway en la conferencia de prensa de Denver. Emocionó a los aficionados de los Broncos durante los próximos 16 años.

Terrell Davis, corredor

campo. Enfrentaron una 3er y 6 en la línea de 12 yardas. Si se quedaban cortos, casi seguramente patearían un gol de campo. Les daría solo una ventaja de tres puntos. Eso facilitaría que los Packers empataran o, incluso, tomaran la delantera.

Elway recibió el pase rápido del centro. Se atrasó casi 10 yardas para lanzar un pase. Sus receptores estaban cubiertos. Salió corriendo. Tres defensores se le cerraron. Le faltaban varias yardas para el marcador del primer intento. En la línea de siete yardas, Elway se lanzó, cabeza por delante, contra los defensores. Lo golpearon tan fuerte que giró en el aire. Pero aterrizó en la cuatro. ¡Primer intento, Denver! "¿Qué tanto desea John Elway ganar este partido de fútbol?", preguntó un comentarista de la TV. "Cuando ves a [otros] mariscales de campo caer, pero no a Elway". Dos jugadas más tarde, el corredor Terrell Davis anotó. Con ello el marcador quedó 24–17. Los Broncos se mantuvieron y ganaron, 31–24. ¡Fue su primera victoria en un Super Bowl! Denver se convirtió en el segundo equipo de la ronda de comodines en ganar el gran partido.

Esta jugada se conoce como "The Helicopter Run" (el helicóptero). Mucha gente la considera la jugada individual más significativa en la larga carrera de Elway. El comentarista la llamó "la mayor carrera de ocho yardas en la historia del Super Bowl". Justin Colombo, de Fan Buzz, agregó: "Cuando John Elway, el mariscal de campo de 37 años que pasó toda su carrera con los Denver Broncos, y deseaba con todas sus ganas un título de Super Bowl, puso en peligro su carrera por su equipo, consolidó su legado como una leyenda".

UN ASCENSO LENTO

El fútbol profesional llegó a Denver en 1959. El hombre de negocios Bob Howsam compró una franquicia en la nueva American Football League (AFL). Esta última se había formado como rival de la antigua NFL. Howsam les pidió a los aficionados enviar ideas de nombres para el equipo. El ganador fue Los Broncos. Los Cowboys trataron de domarlos en los días del "salvaje oeste" del pasado de Denver.

En su primera temporada en 1960, casi siempre algún equipo domaba a los Broncos. Lograron con dificultades un récord de 4–9–1. Era el peor en la liga. Cayeron a 3–11 en la segunda temporada. Denver inició 1962 mejorando a 7–2. Pero más adelante en esa temporada, los Broncos tropezaron. Terminaron 7–7.

Regresaron a su costumbre de perder durante los siguientes siete años. En 1967, surgía uno de los pocos momentos positivos. Reclutaron al corredor contundente Floyd Little. Sin embargo, siguieron perdiendo.

La AFL y la NFL se fusionaron en 1970. Los Broncos tuvieron récords de derrotas en sus primeros tres años. En 1973, empezó a crecer la esperanza. Para entonces, Little se había convertido en uno de los corredores principales de la NFL. Los Broncos terminaron en 7–5–2. Era su primer temporada ganadora. En 1974, casi igualan esa anotación al lograr 7–6–1. Desafortunadamente, Denver cayó a 6–8 el año siguiente. Little se retiró.

Los Broncos lograron 9–5 en 1976. Era su mejor récord a la fecha. La siguiente temporada señalaba el comienzo de una nueva época. Se la llamó "Broncomanía". En cada partido local, un entusiasmo salvaje inundaba el Mile High Stadium. Denver se

Floyd Little, corredor

subió a la ola de emoción y ganó 12 partidos. Tomaron su primer título en la División Oeste de la AFC. Los dirigía el mariscal de campo veterano Craig Morton. La ofensiva de Denver no era explosiva. Sin embargo, con su defensa "Orange Crush" estrangulando a los contrincantes, Denver no necesitaba muchos puntos para ganar.

Lyle Alzado, liniero defensivo

Los aficionados se volvieron locos en el partido de Campeonato de la AFC. El Orange Crush limitó a Oakland a tan solo un gol de campo en el primer tiempo. Los Broncos ganaron 20–17. Avanzaron al Super Bowl XII (12). Desafortunadamente, los Broncos no estuvieron a la altura. La defensa de los Dallas Cowboys forzó ocho pérdidas de balón. Denver perdió, 27–10.

Denver logró un récord de 10–6 en 1978. El equipo llegó a las eliminatorias nuevamente. Pero los Pittsburgh Steelers derrotaron a Denver, 33–10 en la ronda divisional. En 1979, otro récord de 10–6 los colocó de nuevo en las eliminatorias. Esta vez, los Houston Oilers los abatieron en la ronda de comodines, 13–7. A pesar de sus derrotas en las eliminatorias, esas temporadas consolidaron a los Broncos como uno de los mejores equipos de la NFL a finales de la década de 1970.

Denver no alcanzó las eliminatorias en las siguientes tres temporadas. Para entonces, muchos de los grandes jugadores de los Broncos de los años 70 se habían ralentizado o salido del equipo. A Denver le faltaba una verdadera estrella que lo guiara hacia el éxito en la postemporada.

BEBIDA SUAVE, JUGADORES FUERTES

Las grandes unidades dentro de los equipos usualmente ganarse grandes apodos. En 1977, la defensa de Denver permitió la menor cantidad de puntos, yardas y yardas de carrera por juego, en la liga. La gente llamó a esta defensa el “Orange Crush”. Sus camisetas locales eran color naranja. Orange Crush era también el nombre de un refresco popular. La defensa de Denver constantemente aplastaba a la ofensiva de sus contrincantes. Los linieros defensivos Lyle Alzado y Rubin Carter y los apoyadores Randy Gradishar y Tom Jackson eran el corazón de esta temible unidad. “Orange Crush era un apodo que disfrutábamos”, dijo el esquinero Billy Thompson. “Fue un momento emblemático en la historia de los Broncos, porque pasamos de ser un equipo que no era respetable a un equipo que tenía una oportunidad de ganar”.

DEFENSA DE LOS DENVER BRONCOS 1977

STEVE ATWATER (EN LA FOTO)
PROFUNDO
TEMPORADAS DE LOS BRONCOS:
1989–98
ALTURA: 6 PIES Y 3 PULGADAS (1,90 M)
PESO: 218 LIBRAS (99 KG)

DENNIS SMITH
PROFUNDO
TEMPORADAS DE LOS BRONCOS:
1981–94
ALTURA: 6 PIES Y 3 PULGADAS (1,90 M)
PESO: 200 LIBRAS (91 KG)

PROFUNDOS GEMELOS

Dennis Smith había sido uno de los profundos más contundentes de la NFL durante ocho temporadas, cuando Steve Atwater se les unió como novato. “Cuando entré a la liga, él realmente dedicó mucho tiempo a actualizarme y compartir cosas conmigo como jugador que yo nunca hubiera sabido”, dijo Atwater. Juntos, formaron uno de los pares de profundos más grandes de la liga durante las próximas seis temporadas. Se complementaban a la perfección. “Smith era conocido por ser muy físico y por su habilidad para hacer grandes jugadas en momentos cruciales”, comenta el sitio web denverbroncosalumni.org. “Atwater era conocido por su velocidad, atletismo y capacidad para cubrir todo el campo”. Atwater está en el Salón de la Fama del Fútbol Profesional. Los aficionados de los Broncos piensan que Smith también debería estar.

COMIENZA LA ERA ELWAY

La perspectiva del equipo cambió en 1983. Ese año, el reclutamiento de la NFL produjo varios grandes mariscales de campo. En un intercambio con los Baltimore Colts, los Broncos obtuvieron al jugador que todos los equipos querían más: el sobresaliente de Stanford University, John Elway. Era un jugador All-American con un brazo como cañón. Elway se convirtió en el líder que le había faltado a los Broncos. Denver lo convirtió en el novato mejor pagado de la NFL. Él llevó a los Broncos a las eliminatorias en su primer año. En 1984, Elway guió a Denver a lograr 13 victorias. Los Broncos ganaron el campeonato de la AFC Oeste. Pero salieron rápido de las eliminatorias en ambas temporadas.

Elway siguió siendo la fuerza impulsora. Llegó a ser conocido como el "rey del regreso". Tenía talento para reunir a los Broncos en series de jugadas para ganar el partido en el cuarto cuarto. La más famosa fue en el partido de Campeonato de la AFC 1986 contra los Cleveland Browns. Se la conoce como "The Drive" (la marcha). Esto ayudó a Denver a ganarse una posición en el Super Bowl XXI (21). Allí, se enfrentaron a los New York Giants. Pero los Giants aplastaron a los Broncos, 39–20.

Después de las temporadas 1987 y 1989, los Broncos marcharon directamente de regreso al Super Bowl. Nuevamente, Denver decepcionó a sus aficionados. Los Broncos perdieron ante los Washington Redskins, 42–10, y ante los San Francisco 49ers, 55–10, respectivamente. El partido de los 49ers es la victoria más fácil en la historia del Super Bowl. Algunos críticos se preguntaban si alguna vez Denver ganaría el partido grande.

A pesar de las temporadas mediocres a principios de la década de 1990, jugadores como el diestro ala cerrada Shannon Sharpe y los contundentes profundos Steve Atwater y Dennis Smith eran la esperanza de los aficionados.

En 1995, los Broncos encontraron una joya escondida. Hacia finales del Draft NFL, eligieron al corredor Terrell Davis. "T. D." dio a los Broncos un ataque de carrera poderoso.

El año siguiente, los Broncos lograron 13–3. Perdieron frente a los Jacksonville Jaguars con un resultado inesperado en las eliminatorias.

Denver cavó más hondo en 1997. Davis explotó y logró 1.750 yardas de carrera y 15 touchdowns. Denver alcanzó su quinto Super Bowl. Davis estableció un récord en Super Bowl al anotar tres touchdowns por aire. ¡Los Broncos ganaron su primer campeonato de Super Bowl! "Estoy tan orgulloso y feliz de que hayamos podido ganar esto para los aficionados de Denver y para John", dijo Davis. "John Elway ha significado todo para esta franquicia y es genial verlo finalmente obtener lo que merece".

Los aficionados de Denver tuvieron más cosas por celebrar la siguiente temporada. Davis se convirtió en el cuarto jugador por cazar mariscales más de 2.000 yardas en una temporada. Fue nombrado El jugador más valioso (Most Valuable Player, MVP) de la liga. Los Broncos regresaron galopando al Super Bowl. Elway lanzó pases por 336 yardas, en una victoria de 34–19 contra los Atlanta Falcons. Después del partido, anunció su retiro.

Terrell Davis, corredor

PARTIDO DE CAMPEONATO DE LA AFC
LOS DENVER BRONCOS CONTRA LOS CLEVELAND BROWNS
11 DE ENERO DE 1987

EN EL ASIENTO DEL CONDUCTOR

Cuando quedaban 5:43 del cuarto cuarto, el mariscal de campo de los Browns, Bernie Kosar, lanzó un pase de touchdown de 48 yardas. Cleveland ganó, 20–13. Los Browns hicieron la patada inicial. El balón aterrizó en la línea de 15 yardas de Denver. Pasó por delante del regresador de patada Ken Bell. Él cayó sobre el balón en la dos. "Y ahora todo dependerá de John Elway", comentó el comentarista de televisión. Los Broncos estaban a 98 yardas de un touchdown para empatar el partido. Empezaron lo que llegaría a conocerse como "The Drive" (la marcha). Esta continuó a lo largo de 15 jugadas. La última jugada llegó cuando quedaban 32 segundos. Elway lanzó un pase de touchdown de 5 yardas al receptor Mark Jackson. El partido se fue a tiempo extra. Elway llevó a su equipo al gol de campo con el que ganaron el partido. Esta victoria lanzó a Denver al Super Bowl XXI.

SEGUIR ADELANTE

La vida después de Elway fue difícil para los Broncos. Davis se lesionó la rodilla a principios de la temporada de 1999. Lograron solo seis victorias. El año siguiente, alcanzaron las eliminatorias. Pero fueron aporreados por los Baltimore Ravens, 21–3, en la ronda de comodines. Las siguientes dos temporadas, a Denver le faltó poco para llegar a las eliminatorias. Davis se retiró.

En 2003, el ex mariscal de campo de los Arizona Cardinals Jake "The Snake" Plummer se unió a los Broncos. Sus pies rápidos y su talento para orquestar recuperaciones hasta la victoria les recordaba a los aficionados a Elway. Hizo equipo con el corredor Clinton Portis. Portis había ganado la distinción de Novato Ofensivo del Año de la NFL en 2002. El dúo llevó a Denver al récord de 10–6. Los Broncos se ganaron un lugar en la ronda de comodines de las eliminatorias. Desafortunadamente, los Indianapolis Colts, con un alto puntaje, aniquilaron a Denver, 41–10. Plummer llevó nuevamente a Denver a las eliminatorias, en 2004. Otra vez, los Colts los derrotaron en la ronda de comodines.

En 2005, Plummer tuvo su temporada más eficiente hasta entonces. Denver también presumía dos corredores contrastantes. Mike Anderson era fuerte e implacable. Tatum Bell era veloz y ágil. Juntos, sumaron 20 touchdowns y casi 2.000 yardas de carrera. Los Broncos lograron 13–3. Derrotaron a los New England Patriots en la ronda divisional de las eliminatorias. Después, los Broncos jugaron como anfitriones contra los Steelers en el partido de campeonato de la AFC. Desafortunadamente, Plummer perdió el balón cuatro veces. Pittsburgh ganó, 34–17.

18
NATIONAL FOOTBALL LEAGUE

En 2006, Denver parecía estar listo para otra carrera de postemporada. Ganaron siete de sus primeros nueve juegos. Pero de los siguentes juegos, el equipo ganó solo dos más. Esa fue la primera de cinco temporadas seguidas sin que aparecieran en las eliminatorias. En 2010, los Broncos ganaron solo cuatro partidos. Sus 12 derrotas establecieron un récord para la franquicia.

La temporada 2011 comenzó mal. Pero el joven mariscal de campo de reserva Tim Tebow dio un giro a la temporada. Lideró cinco remontadas y victorias. Él inspiró lo que se conocería como "Tebowmanía". Como receptor, Eric Decker era un gran objetivo para Tebow. Al otro lado del balón estaba el apoyador novato Von Miller. Él se ganó su reputación como defensor disruptivo. Durante sus primeros seis partidos, Miller sumó seis derribos de mariscales de campo. Fue nombrado Novato Defensivo del Año de la NFL. Llegaron a las eliminatorias por primera vez en seis años.

En la ronda de comodines, Denver derrotó a los Pittsburgh Steelers en tiempo extra, 29–23. Tebow y el receptor Demaryius Thomas se aliaron para lograr un pase de touchdown de 80 yardas, con el que ganaron el partido. La siguiente semana, perdieron frente a los Patriots. Pero la esperanza ya se había vuelto a encender. En 2012, esa chispa de esperanza se convirtió en un fuego abrazador. Denver consiguió al ex mariscal de campo de los Colts, Peyton Manning. Lo habían operado del cuello y se había perdido la temporada 2011. Denver creía que a él aún le quedaban algunos años buenos. Manning pensaba igual. "Vamos a hacer todo lo que podamos para ganar ahora mismo", afirmó.

Él llevó al equipo a obtener 13 victorias en 2012. En las eliminatorias, los Broncos se vieron muy favorecidos. Pero los Baltimore Ravens derribaron a los Broncos en tiempo extra doble, en la ronda divisional.

Peyton Manning, mariscal de campo

ARRIBA... LUEGO, ABAJO

En 2013, Denver logró, de nuevo, 13–3. Manning ganó los premios de El jugador más valioso de la NFL y el Jugador Ofensivo del Año de la NFL. Denver anotó un récord en la liga de 606 puntos. Manning lanzó por 5.477 yardas y 55 touchdowns. Ambas marcas fueron las mejores en la historia de la NFL. Los Broncos transitaron veloces por las eliminatorias de la AFC. Se enfrentaron a los Seattle Seahawks en el Super Bowl XLVIII (48). En la primera jugada desde la línea de golpeo, un mal pase rápido por parte del centro causó un safety para los Seahawks. Esa jugada fijó el tono del partido. Seattle aplastó a Denver, 43–8. Al año siguiente, los Broncos estaban de vuelta en las eliminatorias. Esta vez, cayeron ante los Colts en la ronda divisional.

En 2015, Denver terminó 12–4. Los Broncos derrotaron por poco a los Steelers y a los Patriots en las eliminatorias. Su camino los condujo al Super Bowl 50. Jugaron contra los Carolina Panthers. Ese año, Carolina había perdido solo un partido. El partido fue una reñida lucha defensiva. Los Broncos derribaron siete veces al mariscal de campo de los Panthers, Cam Newton. Forzaron cuatro pérdidas de balón. En los últimos minutos del partido, Denver iba ganando 16–10. Carolina tenía el balón con suficiente tiempo para anotar. Pero Von Miller bloqueó a Newton y forzó un balón libre. Los Broncos se recuperaron. Anotaron un touchdown y afianzaron la victoria 24–10. Miller fue el jugador más valioso del partido. Después del partido, Manning se retiró.

La siguiente temporada, los Broncos cayeron a 9–7. En 2017, Denver padeció una racha de ocho derrotas consecutivas. Fue la más larga en 40 años. Los

Von Miller, apoyador

58
BRONCOS
58

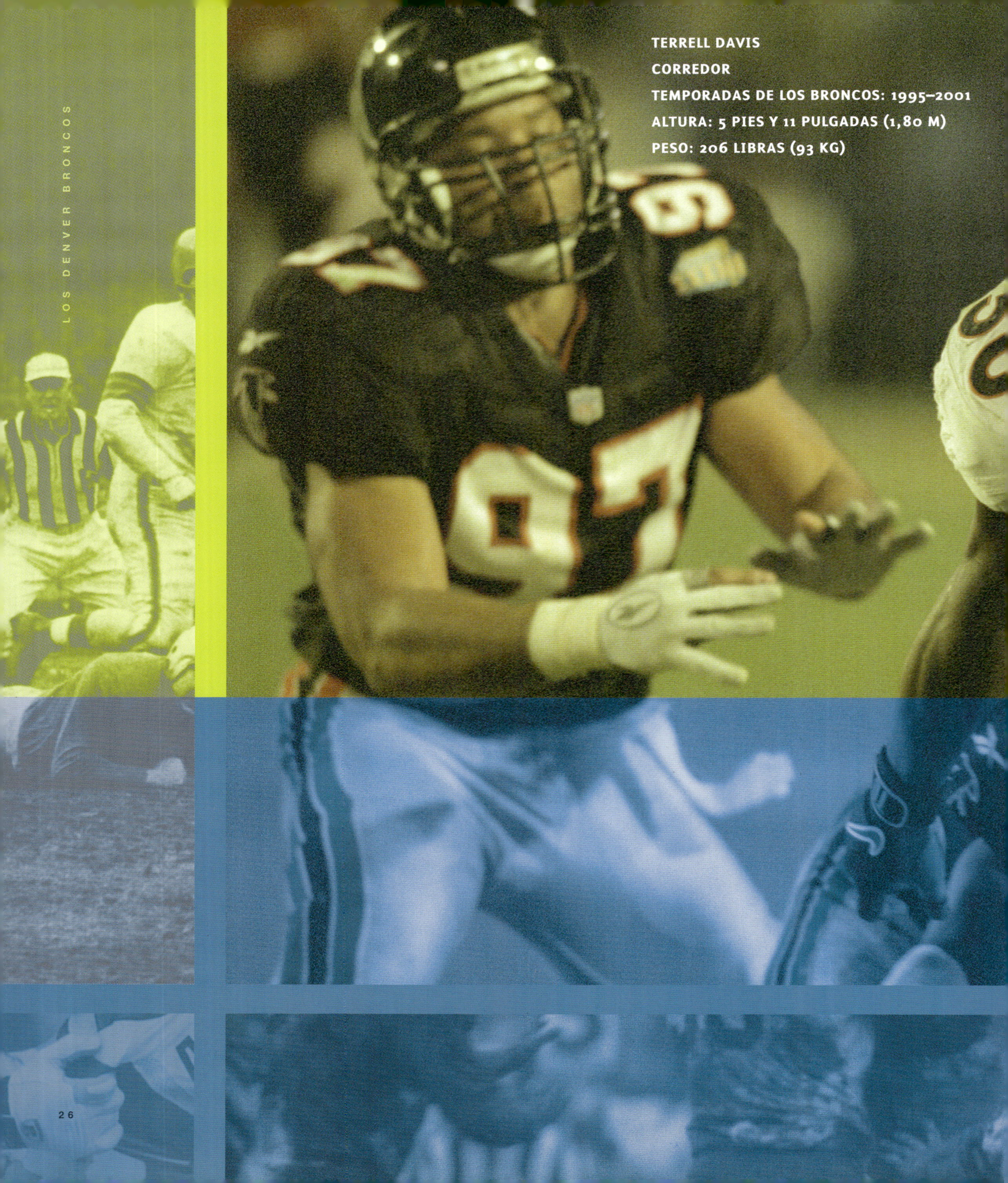

TERRELL DAVIS
CORREDOR
TEMPORADAS DE LOS BRONCOS: 1995–2001
ALTURA: 5 PIES Y 11 PULGADAS (1,80 M)
PESO: 206 LIBRAS (93 KG)

LO QUE PUDO SER

Denver eligió a Terrell Davis en la sexta ronda del Draft de la NFL 1995. En el campamento de entrenamiento, él empezó como sexto corredor de reserva. Impresionó a los entrenadores con su actuación en los partidos de pretemporada. Se convirtió en el iniciador del partido inaugural de la temporada. Davis terminó con 1.117 yardas. Eso lo convirtió en el seleccionado menos importante en sobrepasar las 1.000 yardas como novato. En 1996, tenía 1.538 yardas. En 1997, su total se elevó a 1.750. En 1998, se convirtió en el cuarto jugador en alcanzar las 2.000 yardas, con 2008. Davis fue Primer Equipo All-Pro, las tres veces. Pero luego se vio muy afectado por lesiones. Davis jugó solo en 17 partidos los siguientes tres años. Su carrera había terminado. Los aficionados solo pueden preguntarse qué tan bueno habría sido si se hubiera mantenido saludable.

Todd Davis, apoyador

Broncos lograron con dificultad un récord de 5–11. Las cosas no mejoraron en las siguientes cuatro temporadas. Denver perdió en todas las ocasiones.

Después de la temporada 2021, los directivos del equipo decidieron que necesitaban a un mariscal de campo en la franquicia. Pusieron sus ojos en Russell Wilson de los Seahawks. Él llevó a Seattle a su único triunfo en el Super Bowl: contra Denver, en 2013. Para obtenerlo, Denver le dio a Seattle tres jugadores y cinco elecciones en el reclutamiento. Fue uno de los mayores intercambios en la historia de la liga.

En 2022, Wilson tuvo problemas para estar a la altura de su reputación. Denver terminó 5–12. Wilson tenía una eficiencia de pase de tan solo 84.4. Era la más baja de su carrera. En contraste, su sucesor en Seattle, Geno Smith, tenía una eficiencia de pase de 100.9.

VON MILLER
APOYADOR
TEMPORADAS DE LOS BRONCOS: 2011–21
ALTURA: 6 PIES Y 3 PULGADAS (1.90 M)
PESO: 250 LIBRAS (113 KG)

RECIBIENDO EL MENSAJE

El entrenador suspendió a Von Miller antes de su segundo año en la Universidad de Texas A&M. Faltaba a clases y holgazaneaba durante los entrenamientos. Miller quería el traslado. Su padre dijo que no. Miller se quedó, pero cambió su ética de trabajo. Se convirtió en dos veces All-American. Denver lo eligió como el segundo seleccionado general en el Draft NFL 2011. Miller tuvo un impacto inmediato. En su primera jugada durante su primer partido, él forzó un balón libre. Miller se convirtió en tres veces elegido Primer Equipo All-Pro y cuatro veces Segundo Equipo All-Pro. Jugó en ocho Pro Bowls. El fútbol no fue lo único a lo que se dedicó con seriedad en la Universidad de Texas A&M . Estudió avicultura. Actualmente, es dueño de una granja de pollos.

BRONCOS
14
BRONCOS
14

Russell Wilson, mariscal de campo

Antes de la temporada de 2023, Denver contrató a Sean Payton como entrenador en jefe. Fue entrenador de los New Orleans Saints durante 15 años. Los Saints llegaron a las eliminatorias nueve veces. En 2009, ganaron el Super Bowl. Los aficionados de los Broncos esperaban que Payton ayudara a Wilson a sentirse cómodo en la ciudad de una milla de altura. Denver comenzó con una marca de solo 1-5. Eso incluyó una derrota por 70-20 ante Miami. El equipo no tardó en activarse. Ganaron los cinco partidos siguientes y superaron el total de victorias de la temporada anterior. La puntuación de Wilson como mariscal de campo fue de al menos 90 durante ese periodo. Pero los Broncos solo ganaron uno de los cuatro partidos siguientes. Wilson fue enviado al banquillo en los dos partidos restantes. Denver terminó con una marca de 8-9 y se perdió los playoffs por octava temporada consecutiva. Los Broncos se mantuvieron optimistas. El safety Justin Simmons dijo: "Creo que la próxima temporada será un gran año para los Broncos".

La historia de los Broncos refleja, al igual que las montañas de Colorado, una serie de picos y valles. De estar abajo en sus inicios, Denver luchó por escalar cada vez más alto. A lo largo del camino, los Broncos han disfrutado momentos destacados memorables. Entre ellos, podemos mencionar a la defensa del "Orange Crush" y "The Drive". Los aficionados de Denver sonrieron radiantes cuando John Elway y los Broncos finalmente se irguieron orgullosos como campeones en la cima de la NFL. Actualmente, los Broncos están listos para escalar su siguiente montaña.

Courtland Sutton, receptor

ÍNDICE